Lumières

Sylvie Ruppé

Lumières

Recueil

LE LYS BLEU
ÉDITIONS

ISBN : 979-10-377-3962-9

Préface

Aux amoureux des mots,

Il suffit d'un peu de poésie pour prolonger le sens de sa pensée…

Sans complexes, sans a priori, sans ménagement quelques fois…

30 poèmes écrits spontanément pour donner du sens (ou pas) à nos pensées.

Écriture de nuit, écriture de jour…

Accomplissement de l'imaginaire sur la page blanche, soudainement remplie de ces mots.

Harmonie de conscience, d'accroche-mots qui viennent du cœur…

D'accroche-cœur qui viennent des mots…

Bien à vous lecteurs,

Zachary Philip

Éternité

J'ai voulu voir Paris.
J'ai pris le train en pleine nuit.
Avec ma petite valise rose.
J'ai parcouru la place Vendôme.

J'ai croisé des hommes au regard figé.
J'ai croisé des femmes aux yeux brillants.
J'ai croisé des enfants au teint gris.
J'ai croisé des chats noirs et gris.

J'ai croisé un clochard édenté.
Il m'a demandé un billet.
J'ai fouillé ma poche de manteau.
J'ai trouvé une photo.

On dit Paris ville lumière.
Pourtant, les murs sont gris et les pigeons aussi.
Au loin, on voit les lampadaires.
Et c'est pas la vie que j'espère.

Pourquoi partir ?
Je rentre, je me suis perdue.
Je suis bien chez moi à l'avenir.
J'ai les oiseaux et la verdure.

Mon livre

On a écrit notre premier livre.
La première page de l'amour.
La deuxième page dans l'amour.
La troisième page pour toujours.

J'ai glissé mes doigts dans tes cheveux.
Des éclats de rêve sous tes paupières.
Les mots sont devenus bleus.
Tes rires sont toujours merveilleux.

J'ai imaginé une autre vie.
Comme dans un conte de fées.
Faire un vœu de piété.
Loin du monde d'aujourd'hui.

On a écrit notre premier livre.
La première page de l'amour.
La deuxième page dans l'amour.
La troisième page pour toujours.

On aurait soulevé des montagnes
où les étoiles sont jalouses du soleil.
On aurait imaginé des merveilles
où le monde parle en images.

J'écris un livre comme j'écris sur ta peau.
Livre ouvert à cœur dévoilé.
Encre bleue pour qu'il soit beau.
Miroir des pages tournées.

On a écrit notre premier livre.
La première page de l'amour.
La deuxième page dans l'amour.
La troisième page pour toujours.

La mer enchantée

Ça y est, c’est l’été, je plonge.
L’eau salée, bleue donne envie.
Les baigneurs sont rouges.
Les maillots de bain sont gris.

C’est la grosse marée.
Des vagues géantes déferlent.
J’ai peur de me noyer.
Les enfants jouent aux perles.

Un collier de tahitien sur mon cou.
Je ris de ses couleurs acidulées.
Les hommes sont blancs et roux.
Je me moque des plus âgés.

Partout, on voit du bleu.
Partout, on parle avec les yeux.
La mer enchante les Parisiens.
Rien n’est plus courageux qu’un marin.

Il y a

Il y a des hommes en guerre.
Il y a des hommes vivants.
Il y a des femmes du même genre.

Les enfants aimeront leurs frères
joueront à des jeux de naguère.
Les enfants parleront avec leurs sœurs.
Réciteront leurs vies par cœur.

La porte est ouverte sur toutes les vies.
Le bleu de nos yeux reflète la mer.
Le rouge de nos joues amuse papy.
Le blanc de l'écume joue avec la terre.

Il y a des hommes en guerre.
Il y a des hommes vivants.
Il y a des femmes du même genre.

Et si nos jours se fermaient sur la nuit.
Et si la nuit ouvrait des pensées nouvelles.
Et si nos vies se réveillaient aujourd'hui.
J'irai crier sur vos toits que je suis rebelle.

Comme au premier jour, il viendra.
Le sauveur de nos idéaux.
Comme au dernier jour il mourra.
L'auteur de l'histoire d'o.

Et si les femmes jouaient à la guerre.
Et si leurs époux buvaient de la bière.
On aurait la tête qui tourne.
On aurait le sourire qui boude.

Il y a des hommes toujours en guerre.
Il y a des femmes aimantes.
Il n'y aura plus d'enfants.
Il y aura la mort au bout de la terre.

Le chemin

Je reviens d'une marche dans la nature.
J'ai vu des feuillus dénudés.
J'ai vu des passants inquiets.
J'ai croisé des enfants enjoués.

Je reviens d'une marche en ville.
J'ai vu les gens masqués.
J'ai vu les vieux enrhumés.
J'ai croisé des enfants habiles.

Je rentre dans ma maison.
Je réfléchis au monde qui tourne.
J'ai la tête farcie de suspicion.
Je doute d'une prochaine guérison.

Je vois le progrès ralentir.
Je me nourris sans réfléchir
de questions en suspens.
J'ai la nostalgie d'un enfant.

On viendra à bout de ce mal
qui ronge le monde entier.
On ira chanter sur le chenal
nos nouvelles amitiés.

On ira jouer dans les parcs.
On mangera des glaces
sur les plages bleues.
On dira aux autres la nouvelle.
On inventera des prix Nobel.
On aura des rires d'enfant.
On dansera le french cancan.

Maman

Une maman ça regarde dans les yeux.
Ça dit toujours des mots bleus.
Elle prend dans ses bras son chérubin
pour lui faire de gros câlins.

Une maman ça danse sur la musique
déguisée en dame de pic.
Ça raconte par cœur
des contes à l'enfant bonheur.

Une maman ça pleure aussi
quand bébé est malade.
Elle demande à la vie
que revienne le calme.

Une maman ça pardonne toujours
toutes les bêtises de petit jean.
Elle aura fait l'amour un jour
avec un papa aimant.

Rien que pour nous

J’ai écrit cette chanson pour toi
pour que tu aies moins froid.
J’ai écrit des mots de velours
pour partager notre amour.

J’ai marché sans fin
sur le long du chemin
Pour te rencontrer
et te tenir par la main.

Tu as beaucoup rigolé
de nos premiers baisers.
Que de maladresse
en mots de détresse.

Le vent a eu le dernier mot.
On a entendu je t'aime.
Un souffle léger dans le noir
mais il était déjà trop tard.
Tu es parti tournant le dos
le regard triste et blême.

La vie nous apprend chaque jour
quand part sans espoir un amour
un autre arrive le lendemain
encore plus fort que le sien.
On ira cueillir dans nos cœurs
les semences du bonheur.

De nos jours

Aujourd'hui les filles ont des jupes courtes.
Les petits garçons blonds ont le rire facile.
De nos jours les mamans jouent aux billes
avec les petites têtes brunes.

Aujourd'hui les papas racontent une histoire
aux enfants rougis par le vent froid.
De nos jours les parents s'en vont boire
des bières dans les bars de Troie.

Aujourd'hui les gens marchent dans les rues
droits comme le cou d'un héron.
De nos jours on dit des mensonges
pour apaiser les cœurs bourrus.

Aujourd'hui on pleure les amis
disparus un soir de beuverie.
De nos jours on joue du clairon
pour réveiller le chasseur de paon.

Aujourd'hui on ignore le mot amour
la grandeur des sentiments.
De nos jours on dit gentiment
je t'aime sans aucun détour.

Une nuit, un matin qui sait ?

C’était un matin de printemps
tu décides de fuir la vie.
Dans la rosée du matin
tu souris au vent.

C’était un jour de mai
tu chantais la vie.
Tu aimais ce cri
dans la grande forêt.

Rien n’est plus tendre
qu’un homme des bois.
Rien n’est plus doux
que le son de sa voix.

Les oiseaux ont répondu à ton appel.
Tu as reconnu le gai pinson.
Des parfums de moisson
remontent comme une nouvelle.

La nuit va bientôt tomber.
Tu descends la colline blanche.
À l'horizon un papillon doré
surgit avec ces ailes d'ange.

Rien n'est plus tendre
qu'un homme des bois.
Rien n'est plus doux
que le son de sa voix.

Tu as quitté la prairie
pour un univers plus serein.
Tu es revenu sur tes pas
craignant d'avoir froid.

Les vieux

Les vieux ça ne sourit plus.
Les vieux ça mange la soupe le soir.
Les vieux ça bougonne de plus en plus.
Les vieux ça dit pas au revoir.

Les vieux ça ne dit plus bonjour.
Les vieux ça croise le fer à cheval.
Les vieux ça boit du rouge.
Les vieux, c'est pas normal.

Les vieux ça coupe la parole.
Les vieux ça veut avoir raison.
Les vieux ça dit bidon
la vie des jeunots.

Les vieux ça se plaint.
Les vieux ça se gratte la tête.
Les vieux ça regrette.
Les vieux c'est tout un refrain.

Papa

J’ai ouvert les yeux sur une rose blanche.
J’ai senti ta main sur ma hanche.
J’ai cru que tu aimais mes yeux.
Comme ceux de maman ils sont bleus.

J’ai découvert près du lilas
un mot qui dit je t’aime.
Mais tu n’es plus là.
Je me prends à réciter le carême.

Je rêve de toi toutes les nuits.
Je revois les jours heureux.
Je vois bien que tu souris.
Un air me taraude l’esprit.

Tu savais parler de ton amour.
Je me souviens de ton cœur chaud.
La mine réjouie tout en haut.
Tu seras avec nous pour toujours.

Dernier jour

J'irai chercher dans ton cœur
le goût du bonheur.
J'irai chanter sur les toits
des refrains sur toi.

Je me prends à rêver
de jours meilleurs qu'hier.
Je m'invente des journées
plus douces que naguère.

J'irai dessiner sur ta bouche
un je t'aime pour toujours.
Je boirais le nectar rouge
de ton sang qui coule.

J'irai porter un panier de prunes
sur ta couche de fortune.
On rira de nos mots maladroits.
On mangera des mets de roi.

J'irai cueillir le lilas bleu pour toi.
Je danserai dans tes bras.
On aura des larmes de rire
pour apaiser nos soupires.

Un moment

J'ai plongé mes yeux dans ton regard
et je l'ai trouvé bien noir.
J'ai dormi longtemps près de toi
et j'ai senti ton désarroi.

Je ne voulais pas te faire de peine.
Je voulais encore te dire je t'aime.
Je reviendrai dans cette vie
que tu as désormais choisie.

Je te donnerai tant d'amour
que tu auras la tête qui tourne.
Tu seras le plus heureux des hommes
et que dieu me pardonne.

J'ai plongé mes yeux dans ton regard
et je l'ai trouvé bien noir.
Je me réveille dans la douceur du matin
je glisse doucement sur tes reins.

Je n'ai pas retrouvé ton sourire.
Tu mélanges les saveurs de la vie.
Tu regrettes et te plains
de la bouffe et du vin.

On deviendra plus uni que jamais.
Tu m'offriras des roses blanches.
J'irai chercher sur le pavé
la pierre précieuse pervenche.

La page blanche

Mon stylo glisse entre mes doigts.
La feuille reste blanche et pure.
Je ne trouve pas les mots.
Je me demande, me torture
en parlant tout haut.

J'ai la tête qui bourdonne
des idées folles en vrac.
Les mots sont noirs et blancs.
J'ai le cœur qui bouillonne.
J'ai le sang qui se venge.

Jamais je ne pourrai écrire comme avant.
Je suis légère comme le vent.
Médium le jour, écrivain la nuit
j'ai un message de l'au-delà.
Je m'interroge sur la vie.

C’est une petite mort à chaque fois
que j’écris sur toi.
Je me vide l’esprit.
J’ai la page blanche.
Désormais, tout est déjà écrit.

Le soigneur

Je soigne avec les mots.
Je suis docteur en écriture.
Je soigne tous les maux.
Je suis docteur en écriture.

Mes poèmes sont comme un médicament.
On se sent bien en les lisant.
On y retrouve son enfance.

Je mets des mots doux.
J'écris sur tout et partout.
On y retrouve la nostalgie.

Je soigne avec les mots.
Je suis docteur en écriture.
Je soigne tous les maux.
Je suis docteur en écriture.
On se prend souvent à méditer
à travers mes textes de mots mêlés.
On s'endort doucement sur une rime.

Je passe des mots à l'image.
Je façonne ce concept comme un sage.
Rien n'arrête mon stylo sur la feuille.

Je soigne avec les mots.
Je suis docteur en écriture.
Je soigne tous les maux.
Je suis docteur en écriture.

Chaque phrase à sa couleur.
On imagine avec pudeur
qu'elle dévoile un secret.

Pour toi l'artiste

J'ai découvert dans ton carnet
des dessins bleu argenté.
J'ignorais que tu étais artiste
et je me réjouis de ta quête.

Tu as aussi écrit sur l'univers.
Je ne te savais pas poète.
Tu jongles avec les vers.
Tu caches ton mal être.

Jamais j'aurais cru aimer
le verbe écrire à l'imparfait.
Tu écrivais, tu chantais la poésie.
Plus rien ne résiste à la vie.

Tu plonges dans la rime
tête baissée et sûr de toi.
On imagine bien le rythme
de tes mots uniques.

Plus rien ne me parait plus important
que de te lire comme auparavant.
Seule ta plume légère et limpide
aura raison des pensées morbides.

Tu fais des mots de la musique.
Je sens les cordes de ton piano.
On dira toujours à demi-mot
qu'on se souviendra de ton talent.

Souvenirs d'antan

J'ai pensé à maman
que rien ne serait plus comme avant.

Mais la vie est un cycle
on entretient le magique.

On rit, on mange, on boit, on rêve.
Plus que jamais on se parle sur la grève.

J'ai pensé à maman
que rien ne serait plus comme avant.

La mort nous apprend des choses
On ouvre les yeux sur un pétale de rose.

On se prend à penser très fort
aux êtres chers qui ont eu tort
de partir si soudainement
le regard dans le vide et absent.

J'ai pensé à maman
que rien ne serait plus comme avant.

J'ai rêvé de la Ville lumière.
J'ai revu mon ami hier.
Je lui ai dit te souviens-tu d'elle ?
Cette fille aux yeux vermeils.

On regarde en arrière.
On s'imagine plus qu'hier
avoir oublié les enfants
qui criaient dans le vent.

Mon amour

La vie avec toi est si belle.
Je soignerai tous tes maux
avec des poèmes nouveaux.
Tu aimeras lire cette nouvelle.

La vie nous a appris
que tout est important.
Ensemble on gravira les montagnes.
On ira bientôt cueillir les iris.

Une vie à deux, quoi de mieux !
Rien ne semble froisser
notre union radieux.
Rien n'aura changé.

La vie nous a invités
à penser aux aïeux.
Leurs chemins ont croisé
notre route et nos pensées.

On oublie le mal qu'on nous a fait.
On invente des chansons.
La musique joue avec nos mots.
Nos nuits donnent le ton.

Jamais on aurait imaginé
que notre amour soit renforcé
par les épreuves du passé.
On recommence chaque jour
à s'unir plus que jamais pour toujours.

Au début

Au début il y a eu l'amour d'un enfant.
Puis il y a eu d'autres moments
où les parents ont joué
à faire des habits de poupée.

Au début il y a eu la guerre
entre sœurs et frères.
Puis papa s'en ai mêlé
et maman a tout apaisé.

Au début on aurait inventé
des histoires pour dormir.
Mais nos rêves éveillés
nous ont appris la vérité.

Au début il y avait la joie
dans la maison chaude.
Ensuite l'odeur d'un baume
d'une douleur à l'épaule.

Au début on arrivait jamais
à se dire je t'aime tant.
À la fin on a raconté
des contes séduisants.

Homme oiseau

On a rejoint la famille.
Sur le chemin on a croisé
un homme fort habile.
Il parlait à un chardonneret.

Un homme oiseau dans le bois
qui sifflait comme un pinson.
C'est comme une chanson
que je mime et reçois.

On a traversé la clairière.
Des amants se vautraient
couchés sur le côté.
Surpris de nos grands airs.

Le soleil va se coucher.
On rentre avec un panier
plein de baies noires.
Il fait doux ce soir.

On ira raconter aux voisins
qu'un homme errant
mangeait du raisin
sur un vieux banc.

Mais la vérité est ailleurs.
On a mélangé les amants
avec ce grand visiteur
des forêts du levant.

Hallucinations

J’ai croisé dans la nuit
une femme aux yeux dorés.
Elle avait les cheveux gris
une longue robe brodée.

Jamais j’ai vu une telle beauté.
Il me prend de rêver d’elle.
Telle une fière déesse
elle déambule dans la soirée.

Je l’imagine dans mon lit.
Je la serre dans mes bras.
Elle se faufile entre mes doigts.
Elle chante, elle rit.

Mais au réveil du matin
je ne vois plus rien.
C’était seulement le spectre
d’une de mes ancêtres.

Le papillon bleu

Par une douce nuit de printemps
je marche le long des pavés.
Au loin je vois un papillon bleu.
Des ailes de soie froissée
comme un indice de grand vent.

Je cours à perdre haleine
vers ce trophée unique.
Il se pose sur la brique.
Son corps semble de pollen.
Il est jaune poudré.

Qu'est-ce que je fais ici ?
Je m'éloigne de ma maison.
Je n'ai pas vu qu'il était minuit.
Les papillons bleus s'en vont
toujours après la moisson.
Je ne peux pas le prendre
et vouloir le vendre.

C'est une bête à bon Dieu.
Il ne faut jamais exciter
les foudres d'une divinité.

J'aurais tant aimé lui souffler
quelques mots d'amitié.
Je déraisonne depuis hier.
Je bois trop de bière.
Je n'irai plus dans la rue Saint-Jean.

Les fleurs

Le souci me pose bien des problèmes
avec sa couleur jaune vermeil.
J'imagine comme un soleil
qu'il brule et réveille
les douleurs de ton je t'aime.

La rose me donne bien des soucis
avec sa robe rouge écarlate.
J'imagine comme une maladie
qu'elle envoie des claques.

Le muguet me renvoie dans le passé
avec ses clochettes du premier mai.
Comme une sonnette d'alarme
elle retentit sur mes larmes.

La marguerite me conte des poèmes
telle la page blanche et pure.
J'écris sans répit sur la brème
l'histoire d'une fille brune.

Le pardon

Je pardonne à tous ceux
qui m'ont fait du mal.
Je demande pardon
si j'ai fait du mal.

On prend pour un souci
la main tendue d'un ami.
On doit lui rendre son amitié
pour ne jamais oublier.

On devient sage
en avançant en âge.
On joue avec les enfants.
On ne rit plus autant.

Je pardonne à tous ceux
qui m'ont fait du mal.
Je demande pardon
si j'ai fait du mal.

On sait qu'un jour on partira.
Et on laissera derrière soi
les têtes blondes et brunes
des petites filles si prudes.

Puis viendra un enfant.
Et ces jeunes parents
gouteront à la nouvelle vie.
Ils gagneront ce pari.

Je pardonne à tous ceux
qui m'ont fait du mal.
Je demande pardon
si j'ai fait du mal.

Tout recommence un soir.
La vie nous apprend
que plus qu'auparavant
on aimera dans l'espoir.

Les mots

Il y a les mots qui font du bien.
Il y a les maux qui font grandir.
Il y a les mots qui font souffrir.

Sa langue va plus vite que sa pensée.
Il a fait que de dénigrer
cette jeune amie si enjouée.

Quand un orage passe
il hurle à l'outrage
et termine son ouvrage.

Il y a les mots qui font du bien.
Il y a les maux qui font grandir.
Il y a les mots qui font souffrir.

Il est convenu que plus jamais
il ira pleurer sur le pavé
ces parents désœuvrés.

Sa femme a su bien souvent
détourner les propos gênants
de ce mari resté enfant.

Il y a les mots qui font du bien.
Il y a les maux qui font grandir.
Il y a les mots qui font souffrir.

Il était revenu d'un diner
tout rouge et guilleret
avec des paradis secrets.

C'est à se demander
s'il ne joue pas avec son passé
pour embellir ces journées.

Astralement toi

J'irai chercher pour toi la lune
pour éclairer les soirs de brume.
Je décrocherai du ciel
pour toi cette merveille.

Je donnerai un de mes yeux
à ta blessure du passé
pour que tu voies désormais
la lumière aux teintes bleutées.

Je ferai des plats délicieux.
On déjeunera sur le balcon
comme deux joyeux lurons.
On restera sous le ciel bleu.

J'inventerai n'importe quoi
pour oublier ton désarroi
qui ronge ta tête étourdie
sans me plaindre de la vie.

J'irai cueillir la rose blanche
pour joncher ce jour particulier
aux parfums de regrets.
Tu prendras ta revanche.

Messager

Le pigeon ne me dit rien qui vaille.
Il annonce un message urgent.
Je m'inquiète qu'il s'en aille
vers d'autres amants.

Accroché à la patte, revient.
C'est sûrement Jacques.
Je fuis ce bout d'entrain
vers d'autres lacs.

Je me noie dans mon mensonge.
C'est comme un reproche
que je mets dans ma poche.
Je reviendrai en songe.

Oublier c'est pas facile.
Il a couvert ma vie de cadeaux
comme une action habile.
Il jouait avec ces rivaux.

Je réponds à ce message.
Rien ne saura effacer
cette douce fable
que tu m'écrivais.

Je ne verrai plus mon ami.
Il vit dans un autre univers.
Comme un homme aigri
il marche vers l'enfer.

Envoutement

J’ai rencontré hier
un homme un peu fier.
On a aimé longer les quais
en papotant sur l’été.

On a eu le ressenti
qu’on se connaissait déjà.
Comme une tranche de vie
qu’on a vécue dans l’au-delà.

Ce sentiment nous a rapprochés.
On a fait un long chemin.
On a couru pour les mêmes idées
après ce but plus que divin.

Tout a changé le jour suivant.
On avait des goûts en commun.
Dans cet homme si charmant
j’ai senti la nostalgie d’un enfant.

On avait vécu l'un sans l'autre.
Et maintenant plus que jamais
on ne verra la vie sans l'autre.
On s'est parlé, on s'est aimé.

Rien ne pourra nous séparer.
On a joint nos deux mains
comme un salutaire dessin.
Tout nous sourit désormais.

Le cerveau

Je laisse mon cerveau sur la table de chevet.
Je ne souhaite plus jamais penser.

Je veux oublier la douleur.
Je veux oublier les rancœurs.
Je vais apprendre par cœur
toutes les affres du bonheur.

L'amour c'est comme un jus de fruits.
Ça coule dans l'eau-de-vie.
Ça renvoie dans la tête des envies.
Ça donne des sueurs dans son lit.

Le quotidien est un refrain
que l'on vit sans entrain.
Le diable aura raison
de notre dernier frisson.

Je laisse mon cerveau sur la table de chevet.
Je ne souhaite plus jamais penser.

Amour partagé

On a trouvé la clé de nos cœurs.
Je sais qu'on ira très loin.
On apprendra par cœur
des mots d'amour sur notre chemin.

Le bonheur se cueille chaque jour
au plus profond de notre âme.
On ira semer sans détour
nos pensées les plus affables.

Le partage de nos vies
se fait sans mensonge.
On inventera des songes
allongés sur le grand lit.

Même la pluie du matin
nous fera bien rire.
Le chant des vieux marins
nous donnera le sourire.

Un gros bateau qui passe
c'est un voyage de plus.
On laisse passer la vague.
On dit tout bas motus.

Rien n'est plus doux
que ce sentiment de partir
dans le silence de la nuit.
Rien n'est plus doux.

Au fond du jardin en été
on se laissera porter
par le sentiment de vivre
comme dans un livre.

Une fée aurait formulé
que notre amour perdurera
jusqu'au fond de la vallée
jusqu'au bout de la Riviera.

30
Faut-il longtemps ?

Je passais par là et interpelle un passant pour lui demander :
— Faut-il longtemps pour aller loin ?

Il me dévisage et me répond :
— Où allez-vous ?

Je vous dis que je vais loin.
— Si vous allez loin, c'est que c'est pas tout près.

Je reformule ma question.
— Mais faut-il longtemps ?

Il me répond :
— Ça dépend si vous allez vite.
— Ah bon ! si je vais loin j'irai plus vite ?

— Non, si vous allez vite et loin vous arriverez plus tôt, tandis que si vous allez près et moins vite vous risquez d'arriver en même temps.
— En même temps que qui ?
— Vous venez avec moi ? Vous allez loin vous aussi ?
— Non, je ne vais pas avec vous parce que je suis arrivé. Comme je vais vite, je suis donc arrivé à temps. Où allez-vous au juste ?

Je renchéris :
— Je vais loin et faut-il longtemps pour aller loin ?

Il me dévisage à nouveau et me répond :
— Si vous allez doucement et loin, vous arriverez plus tard que si vous allez plus près et vite. Si vous allez vite et loin, vous arriverez plus tôt que si vous allez près et lentement ou vous n'arriverez jamais à savoir si vous arrivez si vous ne savez pas où vous allez.
— À quelle heure y allez-vous ?

Je regarde ma montre et mon passant qui s'était arrêté.
— J'ai perdu la notion du temps depuis que je dois partir. Je crois que je ne serai pas longtemps puisque vous êtes là tout près. Attendez ici, je demande mon chemin.
— Pardon madame, faut-il aller loin pour être longtemps ?

Table des matières

Imprimé en France
Achevé d'imprimer en août 2021
Dépôt légal : août 2021

Pour

Le Lys Bleu Éditions
40, rue du Louvre
75001 Paris